KB147243

푸른
시인선

006

다시

장지현 시집

우리는 모두

반짝반짝 빛나는 별을

하나씩 품고 살고 있습니다.

그걸 찾아내서 환히 밝힐 수도

아님 그냥 모른 척

숨기고 살 수도 있습니다.

지금 빛날까 말까 망설이고 있는

내 안의 별을

그냥 꺼두지 말고 꺼내주세요

시간이 더디 걸리더라도

꺼낸 별은 언젠가 환히 빛납니다.

다시

2016년 가을 어느 날

장지현

| 차례 |

■ 시인의 말

1 맛있는 샘

2 사랑비

3 네 살 선생님

4 개나리 도둑

1

맛있는 샘

다시

뿌리째 뽑혀

쓰러진 나무둥치에

새순이 파릇파릇 돋았다.

그래,

다시 시작이다.

민들레 재개발 사장

구석이 구석으로 남지 않도록

그늘이 그늘로 남지 않도록

민들레 사장님,

일부러 그곳에 꽃을 피운 거죠?

고마워요

바람난 코

식탁 위 놓아둔 물컵에

봄바람이 풍덩 빠졌다.

그것도 모르고

컵의 물을 마신 엄마

볼은 발그레 물든 채

온종일 콧노래 흥얼거린다.

봄이 일부러 술수를 부렸나 보다.

메마른 엄마 코에 스민 봄바람

제발 봄만 같아라

봄보로봄봄

김치뎐

소금기 먹고

풀이 죽은 배추

하지만 섭섭함도 잠시

파, 마늘, 생강, 양파……

온갖 좋은 기 한 몸에 받아

인기, 생기, 정기

활활 넘치는

김치로 태어났다.

풀이 죽어야만

기가 사는

기막히게 맛 좋은 김치 인생

맛있는 샘

샘이 퐁퐁 고인다.
샘이 가득 넘친다.

갈비찜 한 덩이
침샘에 풍덩 빠져서
냠냠 잠수 중이다.

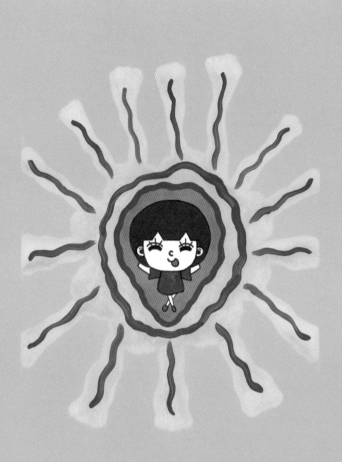

딱 걸렸다

빵집을 지나는데

갓 구운 빵 냄새가

내 코를 낚아챈다.

빵 사는 사람은 없고

빵만 가득한 빵집

빵집 주인의 아이일까?

유리문을 내다보고 있는

까만 눈동자와 마주쳤다.

한참을 걸어도 떨어지지 않는 빵 냄새

내 코가 딱 걸렸다.

다시 뒤돌아서 빵집으로 들어갔다.

웃는 사과

앙, 입 벌려
사과 한입
크게 베어 물었다.

'나 맛나지?'
베어 문 자리만큼
사과가 뽀얀 잇몸 내보이며
앙, 함박웃음 웃는다.

향기 씨름

길모퉁이에 쪼그리고 앉아
봄나물을 파는 할머니
돌아가신 할머니 모습이 생각났는지
엄마는 또 지나치지 못한다.
시장에서는 덤으로 더 달라거나
얼마라도 깎는 것이 제맛이지만
할머니가 그냥 주시는 덤은
너무 많다고 손사래를 치는 엄마

담아주고 덜어내고
손과 손이 서로 뒤엉킨 길모퉁이
향기가 옥신각신 진동한다.

옥수수와 탐험가들

온 가족이 보물찾기에 나섰다.
겹겹이 쳐진 비밀의 문을
열고 열고 또 연다.
열쇠는 강하고 날쌘 손놀림
마지막 문을 거침없이 걷어내자
곧은 기둥 위로
수많은 황금 알들이
다다다다닥

삶을까? 구울까?
찾아낸 황금 알들을
뱃속에 저축하는 방법만 남았다.
맛나게 꿀꺽

쇼 타임

대단한 손님맞이에

나무들이 한껏 물이 올라 부풀었다.

기다란 나뭇가지 봉에

탱글한 꽃봉오리

봉봉봉 달렸다.

나무들이 온몸으로 환영하는

봄님맞이

봉봉봉 봉쇼

바람잡이

꽃들이 여기저기서

방방 웃는다.

나비들이 여기저기서

랑랑 춤춘다.

봄이 왔다고

어서 나오라고

분위기 띄우는

요요, 반가운 바람잡이들

봄 접시

고마워 잘 받을게

어여쁜 날개접시 두 개에

랄랄라

봄을 날라주는 나비야

2

사랑비

화상

눈 좀 감아볼래?

네 눈에 불났어

날 보는 네 눈이 너무 뜨거워

내 얼굴도 불 나

초고속길

고속도로다.

8차선으로 뻥 뚫렸다.

멀리서도

수많은 사람들 속에서도

한눈에 확 들어오는

널 향한 내 눈길은

제발

도둑이 제 발 저리다는 말이
딱 맞다.
너의 웃음을
내 맘속에 몰래 훔쳐온 뒤부터
네가 웃을 때마다
내 맘이 떨린다.
제 발 저리다.

제발 들키지 마라
아니 제발 들켜라

돌덩이 여섯 조각의 비밀

아이쿠, 깜짝이야

딴 사람인 줄 알았다.

꽉 끼는 옷을 입고

날쌘 몸놀림으로 일도 척척

힘도 엄청 세진 슈퍼마켓 아저씨

마치 슈퍼맨 같다.

아저씨를 바라보는 아줌마 얼굴엔

미소가 철철 넘친다.

뚱보 슈퍼마켓 아저씨를

슈퍼맨처럼 만든 비밀은

바로 돌덩이 여섯 조각

이름하여 복근 식스 팩이라나 뭐라나

단, 운동이라는 주문이

몸에 걸려 있어야 된다나 뭐라나

봄 신

보드랍게

쓸어내리자

마법에서 풀린 듯

잠자던 세상이

푸르게 깨어났다.

봄비

신비

댐 건설

아무도 세우지 못한 댐을

우뚝 건설한 너는

훌륭한 건축가다.

네 웃음, 눈물, 말과 눈빛……

너의 모든 것으로 만들어진 댐

너를 볼 때마다

두근댄다. 두근댄다.

네가 내 심장 속에 세워놓은 두근댐

세상이 다시 보이는

최고의 건축물이다.

나쁜 눈

눈 속에
글자는 안 오고
잠만 계속 온다.

눈이 나쁘긴 나쁘다.
들이고 보내는 일을
잘 못한다.

너를 보낸 것도

사랑비

아파트로 이사 온 후

한 번도 비를 맞지 못한 큰 화분

물뿌리개로 정성껏 물을 준다.

비를 그리워할까 봐

비처럼 비처럼

물뿌리개 비 뿌려준다.

화살표

명중이다.

굳어 있던 내 가슴이

뛰기 시작했다.

내 가슴이 뛰는 곳

그곳에 네가 있다.

뭉치기 작전

모두 한통속이다.

숟가락 지휘 아래

할머니의 고추장, 참기름, 온갖 나물들이

양푼 한통속에 뭉친 속셈은

딱 한 가지

한여름에 빼앗긴

우리 가족 입맛 찾아오기

비빔밥으로 똘똘 뭉친

그 한통속에 꿀꺽 넘어갔다.

양푼 한통속이 텅텅 비워간다.

으샤으샤

힘들 때마다 이걸 생각해

네 뒤엔 늘

너를 지지해주는 최강 세력

막강한 백이 버티고 있다는 걸

가족이라는 절대 세력

이걸 결코 잊지 마

으샤으샤

호박꽃 피었습니다

호박 넝쿨 돌돌 감긴 전봇대에

활짝 활짝 활짝

호박꽃 피었습니다.

전봇대는 얼마나 가슴 벅찰까요?

아마 잠도 못 자고 설렐 거예요

집집마다 불 밝히던 전봇대

처음으로

호박꽃 피우는 꽃대가 되는 일

3

네 살 선생님

천 뿌리 만 뿌리

천근만근

몸이 무겁다는 말

맞다 딱 맞다.

천근만근

내 몸속에 그대로 박힌

아빠 엄마의 피와 살

어찌 안 무거울 수 있나

어찌 안 귀할 수 있나

고슴도치 재우기

고슴도치가 또 찾아왔다.
따끔, 따끔거린다.

먹는 것 좀 줄여보라고
쓸데없는 말 좀 줄여보라고

혀가 가끔 고슴도치가 되어
혓바늘 곤두세우고
나를 콕콕 찌른다.

이산가족 상봉

손가락 끝에 힘을 주고
오랜만에 일기를 쓴다.
가는 펜 중심으로
눈동자가 모이고
생각이 모이고

몸 따로 마음 따로
나뉘었던 내가
펜 끝에서 한 몸이 된다.

좋은 놀림

사람들 입방아에

오르락내리락

놀림받지 않으려면

놀림을 잘 하면 된다.

손놀림

발놀림

입놀림

한마디로 몸놀림

내 머릿속 풍선

힘 빼라

누가 대갈장군 아니랄까 봐

머릿속 꿀꿀한 생각

빵 터져라

네 살 선생님

사람 관계가 힘들다고

내 뜻대로 되는 일이 없다고

울적해 있는데

우리 집에 놀러온 어린 조카가

나를 물끄러미 본다.

그러고는 고 조그만 손가락을

꼼지락꼼지락 움직이더니

내 손에 자신의 바비 분홍 목걸이를 쥐어준다.

지금껏 한 번도 목에서 풀어본 적 없는

제일 아끼는 목걸이를 가만히 내 손에 쥐어준다.

아, 나는 지금껏 누군가에게

이처럼 온전히 내 것을 준 적이 있던가!

조카를 품에 꼬옥 안아주었다.

우주의 눈

지금 네 발밑에 있는 달팽이를 보며

느리다고 생각하지?

하지만 말이야

우리 눈으로 보는 게

모두 전부는 아니야

달팽이 세계에선

어쩜 달리기 선수일지도 몰라

진짜 금부자

난 부자야

반짝반짝 금부자야

천금 만금을 줘도 살 수 없는 금

황금보다 더 귀한 내 금

펑펑 막 쓰지 말고 잘 써야 되는데

그래야 반짝반짝 미래를 밝혀줄 텐데

부럽다고?

에이, 무슨 소리 너도 갖고 있는걸

값을 따질 수 없는 소중한 금

바로 지금이야

자, 시작하자고

대나무 도사님

우리 동네에 음식점이 생겼다.

대나무 통으로 맛을 내는 집

나이테를 홀딱 벗어버린 대나무 속에

돼지고기가 야들야들

밥이 고슬고슬

악기, 지팡이, 돗자리가 되고

살살 녹는 맛까지 뽑아내는 대나무

못하는 게 뭘까?

비울수록 차오르는 이치

대나무는 이미 알고 있었다.

중심 잡기

양파 한가운데 위로

꼿꼿하게 심지가 돋았다.

뼈도 살도 없이

겹겹이 껍질밖에 없는 물컹이지만

양파는 보여주고 싶었던 거다.

푸른 심지 당당하게 세우며

중심은 똑바로 잡혀 있다고

눈이 하는 일

함박눈 펑펑 쏟아진다.

올해도 곳곳마다

동글동글 뽀얗고 귀여운

백설공주, 백설왕자가 태어났다.

덤으로 아이들의 웃음소리 까르르

그래, 그래

아직 이 세상은 아름답다.

정답은 한 가지

보고 싶지 않니?

단단한 벽 뒤엔

빛나는 새벽이 있다는 거

넘어설래?

아님 멈출래?

통갈이

어디서 튕겨왔는지

뾰족한 통이 나를 찔렀다.

아…… 너무 고통스러워

도망갈까 망설이다가

꾹꾹 끝까지 참아냈더니

세상에 웬걸

고통이 약통이 되었다.

힘들 때마다

'이까짓 거 뭐'라는

든든한 약발을 제공한다.

그럼 그럼

공처럼 솟아오를 거야

더 낮게 떨어진 공이

더 높이 튕겨 오르듯

내가 지금 바닥을 치고 있는 건

분명 그 반동으로

환한 햇살을 마주하기 위한 맞장구인 거야

가보자

발바닥과 바닥의 깊은 맞장구를 디디며

뚜벅뚜벅 가보는 거다.

4

개나리 도둑

100세 정년퇴직

'전 아직도 쓸모 있어요.'

오래된 빗자루가

마당 구석에 꼿꼿이 서 있다.

똥 치우기 선수

동네방네 똥
잔뜩 갖다 뿌려놔도
며칠 뒤 싹 사라진다.
대신 그 자리에
줄줄이 가지
줄줄이 고추
줄줄이 호박

텃밭엔
똥 치우기 선수들이
줄줄이 산다.

김치 사랑

우리 한국 사람들은
김치를 정말 사랑해
얼마나 사랑하면
글쎄, 사진 찍을 때 울던 아이도
김치
하면서 웃잖아

멸치처럼

마른 멸치 몇 마리가

끓는 물속에서 보글거린다.

김치찌개, 된장찌개, 미역국, 고깃국……

갖은 국물에

온몸 아낌없이 우려내서는

있는 듯 없는 듯 자신은 뒤로 물러나

칼칼하게, 구수하게, 때론 시원하게

주인공들의 맛을 더 빛내는 멸치

누가 멸치를 우습게 보랴

작아도 깊이가 있다.

수박 박수

짝짜라짝짝

수박 수박 수박이 왔어요

발그레레 달콤달달

기똥차게 맛난 수박이 왔어요

수박장수 아저씨의

짝짜라짝짝 박수 세례 받으며

이 사람 저 사람 손에 고이 들려 가는 수박

잘 익은 수박 덕분에

트럭은 텅텅

아저씨 지갑은 불룩불룩

수박이 박수받을 만합니다.

아오우 마법

네 살 배기 어린 조카가

엄마 빨간립스틱 바르고

아오우 아오우 아오우……

거실 창문에 입술 도장을 찍으며 논다.

나비가 살폿 앉았다 가고

벌들이 윙윙 맴돌다 가고

거실 창문이

아오우 꽃밭으로 피어나는

봄날 오후

작업 걸기

밀었다 당겼다
밀었다 당겼다

장미꽃은
지금 작업 중
밀당 고수다.

내 코를
밀었다 당겼다
밀었다 당겼다

진짜 눈사람

눈사람을 만들어서
눈사람에게 옷을 입혔다.

이제 진짜로
눈사람이다.
눈원시인이 아니고

바위 망토

그늘진 산속에 가니

딴딴한 바위도 써늘한지

이끼 망토를

두툼히 둘렀다.

개나리 도둑

도둑이다.

도둑 들었다.

홀러덩 담을 넘어와서는

마당 한쪽을 떠억 꿰찼다.

벌, 나비 랑랑랑 노닌다.

도둑이 친구까지 데려오다니

이런 깜찍한 도둑이 또 있을까!

썰렁한 마당을 즐겁게 만든

떼거리로 몰려와서 더 좋은 개나리 도둑

도둑 든 자리에

봄빛 노랑노랑 흐른다.

들꽃

놀라운 명중이다.

오동통한 바위 엉덩이 사이

눈 밝은 햇살의 똥침으로

어여쁜 방귀 한 가닥

뽀옹

피어났다.

뚱보 계획

먹자 먹자

푸짐하게 먹자

맛깔나게 먹자

기똥차게 먹자

남김없이 먹자

올 한 해

내가 세운 계획

꼭 지키자고

야무지게 마음먹자

'봄적' 인 삶에의 재생과 희구

'봄적'인 삶에의 재생과 희구
비순수의 순수를 믿는다는 것

나민애

1. 순수함의 미학과 기법의 조화

장지현의『다시』는 맑고 순수한 세계를 개성적인 표현과 언어로
포착한 시집이다. 세상의 오염도에 의해 훼방받지 않은 투명한 시
선이 이 시집의 첫 번째 장점이고, 그 시선을 평면적으로 풀기보다
마치 종이접기처럼 재미나게 형상화했다는 것이 이 시집의 두 번째
장점이다. 첫 번째 장점만이 강조되는 작품이라면 세계관의 가치는
인정되나 구조적인 미학에 대해서는 양보해야 할 수 있다. 두 번째
장점만이 부각된 작품이라면 언어 감각과 유희적 측면에 대해서는
주목할 수 있으나 의미의 깊이에 대해서는 아쉬울 것이다. 그런데
장지현 시인은 이 두 가지 단점에 대해서 이미 이해하고, 또한 경계
하는 듯하다. 그의 시에서는 세계관이 형식을 해하지 않도록, 또는

표현이 세계관을 덜어내지 않도록 하려는 배려를 곳곳에서 찾아볼 수 있다. 즉, 장지현의 이 시집은 순수성의 미학과 순수성의 기법이 어울린 조화로움이라고 평가할 수 있을 것이다.

이 시집에 실려 있는 작품들은 짧은 길이가 대부분이다. 시형이 짧은 이유는 시인의 특징과 연결되어 있다. 장지현 시인은 2003년에『문학세계』를 통해 등단한 이후 2006년『오늘의 동시문학』신인상을 받으며 동시 시인이 되었다. 시인이기도 하고 동시 시인이기도 한데 이 시인에게 있어 시라는 것의 범주는 동시로 보다 세목화, 구체화되지 않았나 생각된다. 동시 문학이라는 깨끗하고 맑은 순진함의 세계는 체질적으로 시인에게 잘 부합했던 것이다. 사람의 품성과 삶과 세계관이 심오함보다 간결함, 분석보다 이해, 비판보다 포용에 가깝지 않다면 동시를 쓸 수 없다. 어린아이는 장황하게 말하지 않고, 간결하게 핵심을 말한다. 이러한 어린아이의 화법을 닮아 동시는 대개 지나치게 길 필요가 없다. 동시를 쓰고 사랑한 시인의 경력이 드러나는 듯, 이 시집의 작품들 역시 순수한 세계를 짧은 형식으로 구현하고 있다.

장지현 시인은 짧고 굵은 시형을 통해 맑은 편린을 그리는 것을 중시한다. 어린이의 마음으로 어린이의 세계를 바라보는 사람에게 있어 다정한 기다림과 포용과 바라봄은 낯설지 않다. 세상의 중심은 순수하고 맑은 마음으로 다정하게 살아가는 것, 이것이 인간의 본질이라고 보는 이들이 바로 동시 시인이며, 장지현 시인은 바로 이 동시적 세계관에 근거하고 있는 맑은 시인이라고 볼 수 있다.

> 뿌리째 뽑혀
> 쓰러진 나무둥치에
> 새순이 파릇파릇 돋았다.

> 그래,
> 다시 시작이다.

여기 인용된 구절은 시집의 첫머리에 적어놓은 시인의 각오에 해당한다. 어른으로서 그의 삶이 그간 상처받지 않았을 리 없다. 다소 늦게 시작한 시작 활동이 항상 즐겁고 행복하기만 하지는 않았을 것이다. 그런데 시인에게는 희망이 있다. 어린아이처럼 세상을 긍정적으로 바라보고 확인하는 순수함이 있다. 그 믿음을 기초로 이 시집이 작성되었다.

> 그래, 그래
> 아직 이 세상은 아름답다.
>
> ― 「눈이 하는 일」 부분

그의 믿음에 관련하여 특히 이 시구에 주목할 수 있다. 세상이 정말로 아름다울 때 우리는 이 세상이 아름답다고 말한다. 그리고 세상이 실제로는 아름답지 않지만 아름답기를 간절히 바랄 때에도 역시 우리는 이 세상이 아름답다고 말한다. 그것은 자신에 대한 설득이자, 세상에 대한 바람이자, 아름다운 세상을 찾자는 결심이기도 하다. 사람이 삶을 살아갈 때 늘 꽃길만 걸을 수는 없지만, 꽃길이 아니라고 해서 아름다움을 잊어서는 안 된다는 깨달음이 이 시구에는 드러나 있다. 아름답든 아름답지 않든 그것의 가능성과 존재를 신뢰해야 한다는 믿음. 장지현 시인은 이 믿음을 바탕으로 시를 쓰고, 동시를 쓰고, 어린아이의 마음을 회복하고, 순수한 눈을 회복하는 것이다.

2. 소박한 존재의 위대한 면모

이 시집에는 밝고 경쾌한 시편들이 다수 실려 있어서 읽는 즐거움을 얻을 수 있다. 그런데 시인이 포착한 밝음은 위대한 대상에 머물러 있지 않다. 시인은 허리를 굽히고 고개를 숙여 큰 것보다는 작은 것, 거창한 것보다는 사소한 것, 강한 것보다는 약한 것의 이야기에 주목한다. 작고 소중한 것을 찾아 그것에 감사하며 위트 넘치는 상상력을 통해 긍정하는 것이다.

구석이 구석으로 남지 않도록
그늘이 그늘로 남지 않도록
민들레 사장님,

일부러 그곳에 꽃을 피운 거죠?
고마워요

— 「민들레 재개발 사장」 전문

  그의 상상력과 세계관을 살펴볼 수 있는 경우로서 이 작품을 들
수 있다. 시인의 눈에 들어온 민들레는 가엾게도 구석에 자리를 잡
았나 보다. 햇살도 잘 들어오지 않는 자리에 사는 민들레에게 우리
는 무관심하거나 동정하는 마음을 가질 수 있다. 그런데 시인은 가
엾은 처지에 놓인 민들레를 가엾어하지 않는다. 대신 이 작품에서
시인은, 민들레가 가련한 존재가 아니라 사실 사장님이고 일부러
그곳에 터를 잡았다는 식의 상상력을 펼치고 있다. 이 생각의 전환
이 비참했던 민들레를 귀하게 만들어준다. 딱딱하게 굳은 편견을
걷어내고 신선한 의미를 부여하는 이 상상력에는 더불어 소외된 약
자를 살피는 다정함이 돋보인다.

  길모퉁이에 쪼그리고 앉아
  봄나물을 파는 할머니
  돌아가신 할머니 모습이 생각났는지
  엄마는 또 지나치지 못한다.
  시장에서는 덤으로 더 달라거나
  얼마라도 깎는 것이 제맛이지만
  할머니가 그냥 주시는 덤은
  너무 많다고 손사래를 치는 엄마

담아주고 덜어내고
손과 손이 서로 뒤엉킨 길모퉁이
향기가 옥신각신 진동한다.

—「향기 씨름」 전문

「향기 씨름」이라는 작품 역시 흔한 풍경을 흔하지 않게 포착하여 다정하게 그려냈다. 여기 등장하는 길모퉁이의 할머니는 「민들레 재개발 사장」에 등장하는 민들레와 처지가 비슷하다. 공통적으로 할머니와 민들레는 가진 것이 적고, 눈에 뜨이지 않지만 소중하고 귀하게 대우받아야 마땅한 존재이다. 세상에 존재하는 모든 것은 귀한 것이고 존중받아야 한다는, 소박하지만 위대한 진실을 이 작품은 일상적인 사건을 통해 그려내고 있는 것이다.

앞서 말했듯이 장지현 시인은 시를 길게 쓰지 않는다. 복잡하게 말하지도 않는다. 정확히 말한다면 복잡하게 어렵게 말할 필요가 없다. 그가 보고자 하는 세상의 빛은 몹시 명확하며, 그가 전달하고자 하는 세상의 진실 역시 단순명쾌하다. 오래되어 단단하지만 쉽게 간과되어 있는 가치의 회복을 위해서는 사고의 전환이 필요할 뿐, 긴 말과 회유가 필요치 않았던 것이다.

이렇듯 시인은 위트 있는 상상력을 통해 진실의 가치를 전파하는 한편, 놀라운 관찰력을 통해 사고의 전환을 꾀하는 상상력을 펼치고 있다.

호박 넝쿨 돌돌 감긴 전봇대에
활짝 활짝 활짝
호박꽃 피었습니다.
전봇대는 얼마나 가슴 벅찰까요?
아마 잠도 못 자고 설렐 거예요
집집마다 불 밝히던 전봇대
처음으로
호박꽃 피우는 꽃대가 되는 일

—「호박꽃 피었습니다」 전문

호박꽃과 전봇대는 얼마나 흔한가. 흔하기 때문에 그것은 얼마나 간과되는가. 그런데 시인은 이 두 흔한 것의 만남을 가슴 벅차게 노래한다. 시인은 무심하게 지나칠 수 있는 일상의 장면을 놓치지 않는다. 그리고 전봇대를 '꽃대'로 명명하는 순간, 사고의 전환뿐만 아니라 존재의 전환까지 일어났다. 이런 기적은 전봇대에만 일어나는 것은 아니다. 민들레가 사장님이 된 것처럼, 시장 할머니가 내 어머니의 소중한 사람이 된 것처럼, 무의미한 존재는 일순간에 전혀 다른 존재로 재탄생할 수 있다.

3. 의성어와 의태어의 활용과 언어 미학

이 시집에서 눈여겨봐야 할 특징이자 장점은 의성어 의태어를 매우 적극적으로 활용해서 언어적 묘미를 살리고 전체 작품의 미학적인 가치를 높였다는 점이다. 특히나 그의 의성어들, 재미난 언어유희들은 작품의 부드럽고 통통 튀는 분위기에 십분 활용되거나 사랑스러운 분위기를 형성하는 데 유용하게 활용되고 있다. 이 또한 동시의 창작과 연결되는 지점이다. 어린아이가 말을 배울 시기에는 많은 의성어와 의태어를 접하도록 하고, 아이 또한 의성어 내지 의태어에 먼저 반응하는 것처럼, 동시를 쓰는 경우나 어린아이가 시의 창작자일 경우에는 의성어와 의태어의 활용이 지닌 장점을 살리는 경우가 많다. 장지현 시인의 천진한 상상력, 동시의 세계에 닿아 있는 기법적 특징은 그의 작품들에서 자주 발견된다.

> 식탁 위 놓아둔 물컵에
> 봄바람이 풍덩 빠졌다.
> 그것도 모르고
> 컵의 물을 마신 엄마
> 볼은 발그레 물든 채
> 온종일 콧노래 흥얼거린다.
> 봄이 일부러 술수를 부렸나 보다.
> 메마른 엄마 코에 스민 봄바람
> 제발 봄만 같아라
> 봄보로봄봄
>
> ―「바람난 코」 전문

이 시의 중심축은 '봄'이 지닌 심상과 '봄'이라는 단어가 지닌 음

성적 아름다움에 있다. '봄'이라는 말은 '봄바람'이 되었다가 결국에는 '봄보로봄봄'이 된다. 이 마지막 행을 소리내어 읽을 때 음악적인 리듬감을 확인할 수 있고, 작품의 발그레한 풍경은 경쾌한 장단을 타고 입체적으로 전달되게 된다.

「바람난 코」가 봄이라는 단어의 음악적 효과를 최대한 살려 봄이 지닌 이미지의 청각적 형상화를 시도한 작품이라면 「봄 신」은 언어의 중층적인 의미와 결합을 통해 신비로운 봄의 측면에 주목한 작품이라고 할 수 있다.

보드랍게
쓸어내리자
마법에서 풀린 듯
잠자던 세상이
푸르게 깨어났다.

봄비
신비

—「봄 신」 전문

곰곰이 읽어보면 참 아름답고 고운 말을 골라서 참 아름답고 고운 풍경을 섬세하게 담아냈다. 여기에서 '보드랍게 쓸어내리다'의 주어는 시인이나 사람이 아니라 '봄비' 내지는 '봄'이다. '봄비'가 세상에 내려오는 것을 시인은 비가 보드랍게 세상을 쓸어내리는 일이라고 보았던 것이다. 비가 내리자 세상은 잠에서 깨어 푸르게 변모하게 되었다. 봄비가 마법과 같은 일을 해냈다는 말이다. 시인은 '봄비'의 역능을 '신비'하다고 말하면서, '신비하다'의 신비를 '신의 비'와 중의적으로 받아들인다. 결과적으로 봄비는 신비한 비이면서, 신의 비이도 한 것이다. 이렇게 '봄비'와 '신비'가 형제와 같은 동일 계열로 정리되면서 시인은 봄의 비와 신의 비의 주인을 떠올린다. 봄의 비면서 신의 비이기도 한 이 놀라운 것을 보내준 이는 바로 '봄의 신'이 아닐까 생각했던 것이다. 그래서 시인은 봄비와 신비의 앞 글자를 하나씩 딴 '봄 신'이라는 말, 나아가 봄비를 보내준 봄의 신을 의미하는 '봄 신'이라는 말을 이 시의 제목으로 삼았다. 제목이 '봄 신'이 되면서 잠자는 세상이 푸르게 깨어나는 장면의 신비로움을 더욱 깊이 있게 만들어준다. 즉, 여러 가지 연상 작용이 연거푸 일어나 비로소 이 작품이 만들어졌던 것이다. 말의 변모와 의미의 변모 과정을 따라가면서 시인의 생각과 상상력을 추측해보는 일은 흥미로우며 이 작품을 읽는 즐거움을 선사한다.

4. 상징적인 봄의 시집

사계절 중에서 이 시집에 가장 어울리는 계절을 고르라면 단연 '봄'을 선택할 수 있을 것이다. 시집에 수록된 작품 중에 봄을 소재로 삼은 작품이 많은 것이 그 이유이고, 또한 이 시집에 연두색, 초록색, 귀여운 파릇파릇함과 여린 분홍색이 자주 등장하는 것이 또한 그 이유이다. 이 시집이 봄의 시집이라는 근거를 작품에서 찾을 수 있거니와 뿐만 아니라 상징적으로도 이 시집은 봄의 위상에 놓여 있다. 시인이 "다시 시작"(「다시」)이라고 한 것처럼 이 시집은 시인의 마음에 새로운 출발로서 작용하고 있기 때문이다.

꽃들이 여기저기서
방방 웃는다.

나비들이 여기저기서
랑랑 춤춘다.

봄이 왔다고
어서 나오라고
분위기 띄우는
요요, 반가운 바람잡이들

— 「바람잡이」 전문

이 작품은 봄을 소재로 선택한 여러 시편 중의 하나이다. 꽃은 방방 웃고 나비들은 랑랑 춤춘다고 그 모습을 의태어로 표현한 것이 눈에 들어온다. 종성이 'ㅇ'으로 되어 있어서 '방방'도 '랑랑'도

명랑하고 활기찬 모습을 효과적으로 전달하고 있다. 시인은 이 모습을 포착하고 그에 화답하는 측면의 반응을 '요요'라는 지시어로서 표현했다. 이 단어를 통해 봄이 되었다고 웃는 꽃과 나비들에 둘러싸여, 역시 환하게 웃고 있는 사람의 표정이 십분 눈에 보이는 듯하다.

이런 작품을 보면 시인이 처음 각오했던 대로 그의 '다시, 출발'이라는 인생과 작품의 명제는 성공적으로 진행되고 있는 듯하다. 이 시집을 읽은 독자들이 초록의 봄과 풋풋한 힘을 느낄 수 있다면 바로 시인의 명제와 그 명제를 신뢰하고 시행하고자 했던 시인의 노력이 헛되지 않았다고 말할 수 있을 것이다. 매우 '봄적'인 이 시집의 핵심은 바로 그 마음의 방향에 있다. 계절적으로 봄을 좋아하거나 혹은 시의 창작 시기가 단지 봄에 있었다고 추측하는 것보다, 그의 마음이 봄과 같은 재생을 추구했기에 이런 '봄의 시집'이 만들어졌다고 보는 것이 옳다. 그가 봄을 맞이하여 시의 봄이 등장한 것이 아니라, 그가 간절하게 봄을 불렀기에 시에 봄이 왔던 것이다.

봄적인 삶에의 재생과 희구가 이 시집의 숨은 주제라고 할 때 삶의 고통에 대한 인내를 보여주는 작품이나 세상의 고난을 너그럽게 맞이하는 작품들 역시 삶의 지속성에 대한 믿음에 맞닿아 있다고 볼 수 있다.

'전 아직도 쓸모 있어요.'

오래된 빗자루가
마당 구석에 꼿꼿이 서 있다.

—「100세 정년퇴직」 전문

오래된 빗자루에도 봄은 찾아올 수 있다고 믿는 마음이 이 작품에는 들어 있다. 정년퇴직한 한 사람의 마음에도 아직 일할 수 있으며 일하고 싶은 열정이 들어 있다는 믿음이 이 작품에는 들어 있다. 남들의 눈에는 겨울로 보인다 해도 오래된 빗자루와 노년의 한 인간에게는 언제든 봄이 찾아올 수 있다. 아니, 오래된 빗자루와 노년의 한 인간은 봄을 맞이할 자격이 있다. 소외된 작은 존재의 비참함을 걷어내는 것은 이 시집이 선택한 시적 작업의 일부이며, 그 비참함을 걷어내 구체적으로 봄의 세상을 희구하는 것 역시 이 시집이 선택한 시적 목적이다. 나목에게 봄이 찾아오는 것처럼 겨울을 건너는 누군가에게도 봄이 오지 않을 이유가 없다는 믿음이 이 시집의 밝음과 초록 뒤에 숨겨져 있다.

양파 한가운데 위로
꼿꼿하게 심지가 돋았다.
뼈도 살도 없이
겹겹이 껍질밖에 없는 물컹이지만
양파는 보여주고 싶었던 거다.
푸른 심지 당당하게 세우며

중심은 똑바로 잡혀 있다고

—「중심 잡기」전문

「중심 잡기」라는 작품 역시 같은 맥락에서 읽을 수 있다. 편견과
는 달리 양파는 단단했다. 이미 꺾이고 상해 더 이상의 희망 따위는
품을 수 없을 것 같았지만 양파는 포기하지 않았다. 오히려 누구보
다 당당했으며 누구보다 존귀했다. 그런 양파적인 삶에, 양파적인
인간에게 봄은 오지 않는다고 말하는 것은 비극이다. 시인은 그 비
극을 거부하고 진실로 진실해야 할 희망을 찾았다.

5. 깨끗하지 않은 것의 깨끗함을 믿음

처음에 이 시집은 천진한 세계의 아름다운 노래라고 읽힐 수 있
다. 동요와 어린아이의 세계가 지닌 특유의, 상처 받지 않을 권리를
담았다고 생각할 수 있다. 그런데 곰곰이 읽어보면 이 작품은 그렇
게 유토피아적인 세계에 머물러 있지 않다. 한 번도 상처받지 않았
기 때문에 깨끗한 것은 복 받은 일이지만, 가장 고귀한 깨끗함이라
고 말할 수는 없다. 상처 받았어도 깨끗할 수 있는 것, 나아가 깨끗
하지 않더라도 깨끗함을 믿는 것이야말로 가장 고귀한 깨끗함이요
순수라고 말할 수 있다. 이 시집에서 신뢰하는 것은 단 한 번도 상
처 받지 않은 자의 맑은 내면이 아니다. 오히려 이겨내고 다시 봄을

외치는 사람의, 상처 받고 고난 받은 사람의 투명하고 맑은 눈동자이다.

이런 의미에서 가장 먼저 주목한 한 구절을 다시 읊어야 할 필요가 있다. "그래, 그래/아직 이 세상은 아름답다"는 그 구절 말이다. 그리고 앞서서는 '아름답다'는 시인의 술어에 주목했다면, 이제는 '아직'이라는 말이 품은 자세에 주목할 필요가 있다. 전부 끝난 것이 아니라면, 아직 끝난 것은 아니다. 시인의 희망과 믿음은 이렇게 지속되고 있는 것이다.

푸른
시인선
006

다시

장지현 시집

장지현 張旨見

1971년 서울에서 태어나 충북대학교 정치외교학과를 졸업했다. 2000년 월간 『끼』 일러스트 공모전 당선 이후 프리랜서 일러스트레이터로 활동하고 있다. 2003년 『문학세계』를 통해 작품 활동을 시작하였으며, 같은 해 『좋은 엄마』 동시 공모전에서 금상(1등상)을 받았다. 2006년 『오늘의 동시문학』 신인상, 2016년 수원문화재단 문화예술 창작지원금을 받았다.

푸른시인선 006

다시

초판 인쇄 · 2016년 10월 20일 / 초판 발행 · 2016년 10월 30일
지은이, 그린이 · 장지현 / 펴낸이 · 한봉숙 / 펴낸곳 · 푸른사상사

편집 · 지순이, 김선도 | 교정 · 김수란
등록 · 1999년 7월 8일 제2-2876호
주소 · 경기도 파주시 회동길 337-16 푸른사상사
대표전화 · 031) 955-9111~2 | 팩시밀리 · 031) 955-9114
이메일 · prun21c@hanmail.net
홈페이지 · http://www.prun21c.com

ⓒ 장지현, 2016
ISBN 979-11-308-1053-9 03810
값 12,800원

이 도서의 국립중앙도서관 출판예정도서목록(CIP)은 서지정보유통지원시스템 홈페이지(http://seoji.nl.go.kr)와 국가자료공동목록시스템(http://www.nl.go.kr/kolisnet)에서 이용하실 수 있습니다.(CIP제어번호: CIP2016024863)

🏠 수원문화재단 이 도서는 수원문화재단 문화예술 창작지원금을 받았습니다.